Sinngedichte

Leopold Friedrich Günther von Goeckingk

Erstes Buch

Todesbetrachtungen des Predigers zu **

O daß ich tausend Zungen hätte,
Euch zuzurufen: Kurz ist unsers Lebens Lauf!
Und ach! wie mancher ging gesund zu Bette,
Und stand todt wieder auf!

Grabschrift auf Junker Hansen

Ich, Junker Hans, von sechzehn Ahnen,
Weiland der Tod der Hasen und Fasanen,
Harr' auf die Auferstehung hier.
Doch sollt' es, ach! in jenem Leben
Nicht Hasen noch Fasanen geben:
So laßt mich ruhn! Was wollt ihr sonst mit mir?

Kritik über ein Drama

Herr Tragiscribax wähnt,
Sein Drama hab' uns sehr gefallen,
Denn, spricht er, keiner pfiff von allen!
Doch wer kann pfeifen, wenn man gähnt?

Als Doris auf einem Schlitten fuhr, der die Form eines Löwen hatte

Ein Bild aus jener goldnen Zeit,
Wo Löwen, ohne Fräßigkeit,
Das Schaf noch um sich litten,
Siehst du an diesem Schlitten.

Auf Butler

Hätt' er *den* Geist, *die* Zeit, zum Wuchern angewendet,
Die Hudibras allein verschlang,
Zehn tausend Schmeicheleyn verschwendet,
Statt daß er so viel Verse sang:
In Golde hätt' er können wühlen,
Mit Titeln prahlen und mit Rang,
Warum er aber dennoch sang?
Das weiß nur der, der gleichen Drang
Zum Singen, wird im Busen fühlen.

Auf das Fräulein von Werthern

(Nachmals Frau von Wurmb.)

Sie ist an Geist und Herzen ohne Tadel,
Verbindlich gegen jedermann,
Und, was man fast nicht glauben kann,
Bei allem dem, von altem deutschen Adel.

Auf den leeren Paradesarg eines Fürsten, der im Leben schön von Gestalt und schwach an Geiste war

Wie itzt sein Sarg uns offenbar
Mit seinem Körper hat belogen,
So hat sein Körper uns fürwahr
Mit seinem Geiste sonst betrogen.

An die Nation

Halt du auf deine Bühne viel,
Halt deine Dichter theuer.
Vergnügen gibt Thaliens Spiel,
Und Ruhm der Dichter Leyer.
Das erste kostet dir nicht viel,
Das andre keinen Dreier.

An Trivius, der bei Schmäusen den Nachtisch zu plündern pflegte

Wenn man auf einen Schmaus Confect zu Tische trägt,
Wünschst du dir noch zwei große Magen.
Hat's die Natur versehn, so kannst du doch nicht klagen;
Der Schneider hat sie dir im Kleide zugelegt.

Der beschworne Stammbaum

Den Stammbaum Herwalds hatten heute
Beim Stift', drei alte Edelleute
Als richtig aufgeschworen.
Dieß hört Johann, vordem Lackey
Bei Herwald's Mutter, seufzt dabei,
Und spricht: Meineid! sie gehn verloren!

Auf einen Schlemmer

Bei Tische.

Viel Aehnlichkeit find' ich bei diesem Tropfe
Mit einem Krebse. Beide tragen
Statt des Gehirns, im Kopfe
Magen.

Philindens Athem; das Gegentheil von Ambra

Ein Funken Lieb', er sey auch noch so klein:
Der erste Kuß macht eine Flamme draus.
Doch was kann wunderbarer seyn?
Philindens Kuß löscht gar den Funken aus.

Der Redner

Und böte man mir zehn Ducaten
Für eine Red', ich hielte dennoch keine.
So sagte Star; doch hielt er für zwei Dreier eine,
Als ihn zwei Bettler jüngst um die zwei Dreier baten.

Lottchen, als sie die Geschichte der Virginia vorgelesen hatte

Darum erstach er sie? Ach! welche blinde Heiden!
Nicht wahr, Mama, wir müsten's leiden?

Auf eine verbuhlte Schauspielerin, die schlecht agirte

Nie will auf dem Theater ihr Spiel jemand gefallen,
Doch hinter den Coulissen, sagt man, gefällt es allen.

An Lais

Wenn dein Gedächtniß alles faßt,
Und, wie du sagst, beinah unglaublich ist,
So sag einmal, wie viele du durch List,
Von Jugend auf, ins Netz gezogen hast?

Der wahre Name

Das ist doch wunderlich! der Reimer Stilpo nennt
Das Mädchen *Laura,* das er preist,
Und jeder weiß doch, wer sie kennt,
Daß seine Magd *Kathrine* heißt.

Auf die häßliche Cephise

Sie wünschet, daß ihr Mann, der gute Thor,
Bald sterben soll. Kann sie es selbst nicht seyn,
So stimmen wir in seinen Tod mit ein,
Sie trüge doch sechs Monat einen Flor.

An eine unrichtig gehende Stadtuhr

Josua gebot der Sonne, in dem Laufe still zu stehn,
Aber du gebietest ihr, noch einmal so schnell zu gehn.

Auf Poll

Daß sein Gedicht
Durchaus die Nachwelt lesen soll,
Verzeihet ihr ihm wohl,
Denn unsre liest es nicht.

Crispus

Nicht Poesie, nicht Künste, die ergötzen,
Nur das schätzt Crispus hoch, was Nutzen bringt.
In einem Fall' nur nicht; denn, wie mich dünkt,
Herr Crispus pflegt sich selbst sehr hoch zu schätzen.

Empfehlungsschreiben, einem jungen Autor an einen Kunstrichter mit gegeben

Der Ueberbringer ist ein Thor,
Plagt mich, ihn zu recommendiren,

Hat bei sich Hundert Friedrichsd'or,
Und bittet, ihn zu recensiren.

Auf den Burgemeister Stax

Caligula gab seinem Pferde
Das Burgemeisteramt,
Doch kein Unschuldiger ward je von ihm verdammt.
Wenn's möglich ist, o Stax, so werde
Doch heute noch zu einem Pferde.

Die Folgerung

Man wird verrückt von vielem Lesen,
Sagt Mops, und bleibt dem Lesen feind.
Doch ist sein Satz je wahr gewesen,
So folgt, was Mops wohl nicht vermeint,
Daß Niemand mehr als er gelesen.

Furcht vor dem Abschiede

Morgen wird der Tag erscheinen,
Wo Segest von Phyllis Abschied nehmen soll.
Beide sind von Furcht itzt voll:
Er, er möchte weibisch weinen,
Sie, woher sie Thränen nehmen soll.

Verläumdung der häßlichen Cephise

Wie grämt sie sich, daß in der nächsten Stadt
Ein Lästermund ihr aufgebürdet hat,
Auch sie sey eine Buhlerin.

Sie schicke nur ihr Bildniß hin!

Auf den ** von ***

Von seines Landes Gold ein Räuber,
Held im Serail, staatsklug im Kartenspiel';
Ihn lobt kein Unterthan. – Doch halt! das war zu viel!
Ein Unterthan ist ja sein Zeitungsschreiber.

Auf drei Brüder in hohen Aemtern, die alle drei keinen Aufwand machten

Der darf, nur will er nicht; sein Blut ist schon zu lau.
Der will, nur kann er nicht; die Gläub'ger sind zu schlau.
Der kann, nur darf er nicht; warum? Fragt seine Frau.

An einen jungen Criticus

Du sollst mir dein Patent nicht zeigen;
Ich weiß, zum Criticus kann jeder sich erhöhn.
Darin indessen bin ich eigen:
Ich wünschte deinen Bart zu sehn.

Advocaten-Styl

Mein Advocat, Herr *Weil,* ist ohne Zweifel
Ein reicher Mann; schon ärmer ist *Dieweil,*
Herrn *Alldieweil* ward wen'ger noch zu Theil,
Und *Alldieweilen* – ach! was für ein armer Teufel!

An Kunz, in Hannover

Du ahmest lächerlich in Kleidung und in Mienen
Den Britten nach, und forschest nah und fern,
Was englisch sey! Ich kann mit etwas dienen:
Der Britt' entleibt sich gern.

Der Beweis

Flavin.

Heut saß ich in der Comödie
Beim größten Lästermund', Arist!

Arist.

Das kann nicht seyn, vergeben Sie,
Weil Cypris noch verreiset ist.

Auf Aretin

Daß er den Muth besaß, den Großen Spott zu singen,
Trug eine goldne Kett' ihm ein.
Zur Kette könnt's ein Sänger jetzt noch bringen,
Nur möchte sie von Eisen seyn.

Herr von Zelt

Zelt, der den Adel kaufte, Herr von Zelt,
Sagt zwar, unschätzbar sey ihm seine Ehre,
Doch dächt' ich, daß fünf Hundert Thaler Geld
Noch wohl zu schätzen wäre.

Der Comödienschmierer Meliet

Er mag zu Hause seyn, mag auf der Straße wanken,
Kurz, aller Orten pfeift Meliet.
Ob er denn immer in Gedanken
Die Vorstellung von seinem Lustspiel' sieht?

Inschrift über einem Concertsaal

Ihr wißt die Ueberschrift von manchen Gartenthoren:
Bringt Augen mit, die Hände laßt heraus.
So wird auch hier gebeten: Kommt mit Ohren,
Die Zunge laßt zu Haus.

Der Neujahrwunsch

Eine Braut, an Geist und Körper schön,
Wünscht zum neuen Jahr' Neride mir.
Hätte Geist sie, stünd' es nur bei ihr,
Diesen Wunsch erfüllt zu sehn.

Zur Entscheidung

Die, versteht nur ihr Gewebe; jene, nichts als ihr Filet:
Wer ist klüger? Hier die Spinne, oder dort Elisabeth?

Zweites Buch

Ueber Martial's Epigramm, worin er vestem ingeniose petit

Wenn Martial vertraut selbst mit dem Kaiser spricht,
Und dreisten Spott auf Hoh' und Niedre schüttet,
Hör' ich den Römer. Ist es aber nicht,
Wenn er um Kleidung seinen Gönner bittet,
Als wenn ein Franzmann spricht?

Bei Frontins Tode

So ist er todt, der Mann von blauen Dunst,
Der große Held
In der Verstellungskunst?
Ach! wenn er sich nur dießmal nicht verstellt!

Bisbill

Vier Monat liest schon Herr Bisbill
An meinem Buch', ohn' es zurück zu senden.
Wie sparsam! daß er's gleich auswendig lernen will,
Um keinen Thaler dran zu wenden.

Lucillo

Lucillo rechnet uns ein Dutzend Ahnen her,
Spricht: dem war die, dem jene Tugend eigen.
Sein Enkel thut das einst wohl auch von ohngefähr,
Allein den Großpapa mag weislich er verschweigen.

Grabschrift auf einen Faullenzer

Hier ruht Herr van der Klee,
Wie er geruht im Leben,
Nur hat man, statt des Kanapee,
Ihm einen Sarg gegeben.

Als eine Buhlerin die Rolle der Aemilia Galotti spielte

Wie täuscht ihr künstlich Spiel! Glaubt doch fast jedermann,
Daß alle Dinge wirklich so geschehen.
Doch böt' ihr in der That ein Prinz so etwas an:
Ei! ei! da würden wir ein artig Schauspiel sehen.

Peter Wichtig

In meinen Epigrammen, sagt Herr Wichtig,
Sey für den Spott der Gegenstand zu klein.
Von allen ist der Tadel zwar nicht richtig,
Doch räum' ich's gern von diesem ein.

Ueber die Grabschrift auf einen Wucherer

»Sein Angedenken, das bei Wittwen und bei Waisen
Spät dauren wird,«
So stand am Grabmal' da.
Es war auf allen meinen Reisen
Die wahrste Grabschrift, die ich sah.

Auf eine verbuhlte Gastwirthin

Wenn doch die Reisende das Klagen unterließen,
Daß unsre Wirthin hier, sie schnelle; denn mich dünkt,
Daß manche Gäste mehr von ihr genießen,
Als sie in Rechnung bringt.

Auf einen faulen Bibliothekar

Man geb' ihm Landeskassen; dafür ist er der Mann!
Was man ihm anvertrauet, rührt er gewiß nicht an.

Die vielen Freunde

Wer hätte das gemeint?
Zwei Hundert Freunde hat Alcist;
Denn jeden, dem er schuldig ist,
Nennt er: Mein lieber Freund!

Die neugierige Chloe

»Und wie viel Jahr' ist Ihre Braut denn alt?«
Das will ich Ihnen gern gestehn:
Nach Ihrer Art zu zählen, zehn,
Nach meiner, zwanzig bald.

Auf den Petitmaitre Weiffe

Hab' ich nicht hübsche Füße? fragt Herr Weiffe;
Wenn er noch sagte: Hübsche Läufe.

Auf denselben

Wie streng die Kält' auch immer sey,
So wird er seinen Hut doch unterm Arme führen.
Ich könnte mein Gehirn erfrieren;
Er waget aber nichts dabei.

Auf einen schlechten Schauspieler, der die Hauptrolle im Lügner gespielt hatte

Vom Beifall' des Parterr' erhitzt,
Hab' er den Lügner gut gespielt;
So sagt er zwar, doch jeder fühlt,
Wahr spiel' er ihn erst itzt.

Grabschrift, von einem Wittwer aufgesetzt

Hier ruht mein selig Eheweib
In dieses Grabes Höhle.
Zuweilen waren wir ein Leib,
Doch niemals eine Seele.

Vater, Sohn und ich, auf der Straße

Der Vater.

Das war ein reicher Mann! Ei, ei!
Fritz! kannst du nicht den Hut abnehmen, und dich neigen?

Ich.

Ja, Fritz! und gehst du dort die Landrenthey vorbei,
So mußt du gar die Kniee beugen.

Beim Eintritt in die Dresdner Bildergallerie

Mich liebt ein Mädchen, reitzend wie Cythere,
Doch niemals fiel der Wunsch mir ein:
Daß ich ein Argus möchte seyn,
Itzt aber wünscht' ich, daß ich's wäre.

Die Statuen

So theuer will der reiche Pächter
So schlechte Statuen erstehen?
Warum stellt er nicht seine Töchter
In die Alleen?

Auf den jungen **

Ich seh' ihn in Galopp durch alle Straßen reiten,
Doch vor der Stadt hält er mit Jagen ein.
Das ist doch sonderbar, ein Narr vor allen Leuten,
Vernünftig nur, wenn's Niemand sieht, zu seyn.

Lob des Frühlings

Frühling! alles lobt dich doch, selbst der mürrische Segist,
Weil er nun kein Holz mehr braucht, und sein Korn am theursten ist.

Die geitzige, und verbuhlte Wittwe

Laßt nun den Spott mit ihrem Geitze ruhn,
Denn glaubt, ich weiß es, daß ihr Geld
Den hübschen Maron unterhält:
Und ist's nicht schön, im Stillen wohlzuthun?

Die goldene Leyer

Maz reimet kein Gedicht,
Worin er nicht
Von seiner goldnen Leyer spricht.
Du Narr, der immer Hunger hat,
Verkaufe sie, und iß dich satt.

Bei Vorstellung eines Trauerspiels, worin viele Personen ermordet wurden

Freund! komm, das Morden wird dort schon so allgemein,
Es könnt' an uns vielleicht auch bald die Reihe seyn.

Tyll

Tyll fragt: Was ist ein Sinngedicht?
Was Tyll versteht, das ist es nicht.

Das Geleite

Nun, Kinder! sprach ein Fürst zum edlen Rath,
Der ihn begleitete, nicht weiter sollt ihr reiten!
Worauf der Magistrat
Nur noch um die Erlaubniß bat,
Ihn bis zum Rabensteine zu begleiten.

Auf eine geschminkte Schauspielerin

Als Röschen, schön und jung, pflegt sie zu Bett zu gehn,
Und, Mutter Martha gleich, am Morgen aufzustehn.

Stax

Sehr ordentlich lebt Stax, denn mit dem Glockenschlage
Vier Uhr, betrinkt er schier sich alle Nachmittage.

Schluß einer Predigt

Erhebt, Geliebte, noch zuletzt
Dankbar mit mir zu Gott die Hände,
Daß er den Tod, so gnädig, hat ans Ende
Des menschlichen Lebens gesetzt!

Reliquien

Der Prior ließ von da uns weiter
Zu einem Schranke gehn,
Und zeigt' uns drin ein Stückchen von der Leiter,
Die Jacob einst im Traum' gesehn.

Clymene

Ihr lobt Clymenens zart Gefühl,
Daß ihrem Aug' im Trauerspiel'
Jüngst heimlich eine Thrän' entrollte?
Sie sah den Ring bei ihrer Nachbarin,
Den ihr Gemahl, der Eigensinn!
Durchaus nicht kaufen wollte.

Auf Cephisens Bildniß

Der Maler, weil Cephis' es so gewollt,
Gab ihr ein Kleid von lauter Gold;

So sehr liebt sie den Prunk, sogar im Bilde.
Hätt' es der neue Gastwirth Haus,
Er nähm' es vor sein Haus zum Schilde,
Und nennt' es: *Zu der goldnen Gans.*

Arint und Catt

Stolz ist es, daß Arint uns seinen Stammbaum zeigt,
Der sechszehn Ahnen hat;
Noch stolzer ist der edle Catt,
Der zwanzig zählt und davon schweigt.

Unter Don Quixott's Bildniß

Dieß ist der Ritter Quixott! Wer ist, der an Tugend ihm gleiche?
Doch half ihm die zum Ruhme wenig;
Mehr aber seine Geliebt' und seine närrische Streiche,
Und war doch kein Poet, kein König!

Grabschrift auf Mendax

Ein Wortspiel.

Hier *lieget* Mendax! sagt man itzt von dir,
Da sich dein Mund auf ewig hat geschlossen;
Als aber sonst noch Worte von ihm flossen,
Da hieß es: Mendax *lüget* hier.

Die kranke Iris

So mager und so blaß, und immer sich zu grämen!
Ruft, sagt Mama, den Doctor her!

Allein was soll denn der?
Er kann doch nicht zwei Frauen nehmen?

Das Trostschreiben

Mir starb ein Kind; um ruhig mich zu machen,
Kam manches Tröstungsschreiben an.
Das beste schrieb mir Trax, weil ohne Lachen
Es Niemand lesen kann.

Der Schwiegersohn

Ich höre viel darüber sprechen,
Daß Maz sein einzig Kind, dem Mann' zum Weibe gibt,
Der immer wider ihn viel Feindschaft ausgeübt;
Doch konnt' er sich wohl besser rächen?

Auf Kepler

Germanien nennt ihn ein Licht der ersten Größe,
Und einen Schmuck der Welt.
Wer gab nun diesem Schmuck' ein Kleid für seine Blöße,
Und diesem Licht', zu Lampenöhle, Geld?

Veit und Velten

Velten.

Was gilt denn euer Amtsbescheid?

Da fehlt nicht viel an zwei Ducaten.

Nicht mehr? das ist noch billig, Veit!

So? rechn' ich denn zwei Hammelbraten?

Hinze

Wem gilt doch dieses Spottgedicht?
Fing Hinze lächelnd an zu fragen.
Ich könnt' es allen Menschen sagen,
Gerade nur dem Frager nicht.

Traso

Auch Lessing hat, sprach Traso jüngst einmal,
Zu seinem Umgang' mich gewählt.
Ich glaub' es, denn der macht ein Lustspiel, darin fehlt
Zu einem Prahler ihm ein gut Original.

Philint

Kein Richter soll Geschenke nehmen,
Und dieses hält Philint genau.
Kommt ihm! Wie wird er euch beschämen!
Wofür hat er denn seine Frau?

Poll

Poll sagt: Wer dichten will, muß groß an Geiste seyn!
Und doch fällt ihm das Dichten ein?

Als eine Schauspieler-Gesellschaft Cronegk's verfolgte Comödie angekündiget hatte

Daß man das Stück nicht spielt, was man uns geben wollte,
Hat mancher übel aufgenommen,
Und Mamsell *Zenner,* die die Tugend machen sollte,
War doch in die Wochen gekommen!

Mittel, beim Lotto Vortheil zu haben

Ich.

Gewonnen hab' ich itzt so viel
Als Einer bei dem Lottospiel'.

Der Collecteur.

Wie? Ohne jemals einzulegen?

Ich.

Ja! Eben deßwegen!

Aegle und Myrta

Ich glaub' es, wenn ich gleich ihr Kind nicht sah,
Daß Aegle schon, als Fräulein, Mutter war.
Von Frau von Myrta seh' ich zwar
Die beiden schönen Kinder da,
Doch glaub' ich kaum, daß Myrta sie gebahr.

Als die Studenten einem mittelmäßigen Tonkünstler die Fenster einwarfen

Zum wenigsten hat unser Mann
Mit Orpheus doch der Aehnlichkeiten Eine:
Daß er, wie dieser, auch die Steine
Selbst in Bewegung setzen kann.

Auf den Tod eines tragischen Schauspielers

Der oft zum Schein' vor unsern Augen starb,
Und Geld damit, nur Beifall nicht, erwarb,
Doch heute wirklich ist gestorben,
Hat endlich Beifall sich, statt Geldes, heut erworben.

Narciß und Kurm

Sein eigenes Gesicht verwundernd anzustarren,
War närrisch von Narciß, ihm aber zu verzeihn,
Denn mancher ward durch dieß Gesicht zum Narren,
Durch Kurms Gesicht, Kurm ganz allein.

An eine Punschschaale

In dir liegt manche Spötterey,
Und manche Schmeicheley verborgen.
Die Zunge machst du Blöden frei,
Hast Gegengift für alle Sorgen.
Gib mir durch erstes keinen Feind,
Durchs zweite, bitt' ich, keinen Freund,
Durchs dritte, keines Mädchens Kranz,
So schenk' ich dir das vierte ganz.

Ueber Leibniz Grabstätte, an die Mauer geschrieben

Umsonst erfährest du, daß in dem Schutte hier
Leibniz begraben liegt; und dieß verdankst du mir,
Denn ehmals sagt' es nur für *Geld* der Küster dir.

Drittes Buch

Sonderbare Hoffnung

Der Oheim.

Wohin so früh?

Der Neffe.

Wollt' in die Schule gehn!

Der Oheim.

Brav, lieber Neffe! das ist schön!
Dafür muß ich dieß Goldstück dir verehren.
Und bleib du hübsch bei dieser Wißbegier!
Dann hoff' ich auch dereinst von dir
Noch meine Parentation zu hören.

Auf Nerann's Tod

Was hat die Stadt nicht um Nerann
Für Thränen schon verloren!
Doch hinterließ auch noch kein Mann,
So wenig Geld, so viele Creditoren.

Das Alter

Trax sagt, er sey erst zwei und dreißig Jahr;
Ich läugn' es, aber Er? Er will den Taufschein bringen.
So hör' ich denn, daß er noch nicht geboren war,
Als er und ich schon in die Schule gingen.

Maryllis

Maryllis spricht: Sie sey erst dreißig Jahr.
Und daß es nur kein Mädchen wagt,
Zu sagen, dieß sey schwerlich wahr:
Zehn Jahr sind's kaum, daß selbst ihr Vater mir's gesagt.

Alpins Leichenstein

Ihr findet hier auf diesem Leichenstein',
Alpin sey hochgelahrt gewesen.
O könnt' er das noch sehn, wie würd' er sich nicht freun;
Nur freilich konnt' er nicht gut lesen.

Geister-Erscheinung

Wie doch die Leute sind! Kaum stirbt Herr Almeroch,
So soll auch schon sein Geist erscheinen.
Und als er lebte, sprach man doch:
Er habe keinen!

Das Haus des Maninn

Man lebet wie im Himmel im Hause des Maninn:
Man ißt und trinket nicht darin.

Zopf

An Zopfs Gemälden sind die Fehler jedem klar,
Und Zopf wird drum ein Arzt, statt daß er Maler war.
Itzt kann er's auch bequemer haben;
Der Fehler wird bezahlt, und nachher mit begraben.

Bei dem Ausgange aus einem Kloster

Wie? das war der Prälat? Nun, schlimm genug!
Allein wer konnte dieß denn wissen?
Da er sein Kreuz nicht trug,
So hätt' er mindstens nicht von *Newton* reden müssen.

Mann und Frau

Er:

Ich kann mich über Velten recht ergrimmen!
So dumm! Läßt seine Frau mit ihm allein!
Daß jeder Hahnrey doch möcht' in der Elbe seyn!

Sie:

Ei! Schatz! Kannst du denn schwimmen?

Jungfer Kammerlohn und ihr Nachbar

J. Kammerlohn.

Die Lästerer! Die Ehre so zu rauben!
Verflucht! Zwei Kinder hätt' ich schon?

Der Nachbar.

Die Leute reden viel; doch, Jungfer Kammerlohn,
Man muß auch nur die Hälfte glauben.

Opim

»Da wohnt mein Nachbar noch, den mußt du nicht vergessen,
Der Narr verdient ein beißend Sinngedicht.«

Ganz recht, Opim! Indessen
Ich bin ja noch an deinem Hause nicht.

Arist und Frontin

Arist.

Was? Mir so schlecht begegnen müssen,
Statt sonst mich so vertraut zu küssen?
Doch warte! Süß soll mir die Rache seyn!

Frontin.

Wie? Gegen eine Frau, Arist?

Arist.

Ei! Laß sie das auch zehnmal seyn!

Frontin.

Je nun! daß sie es zweimal ist,
Das mußt du wohl am Besten wissen.

Rath für Baven

Sehr schlechte Malereyen, die
Aus Herkulanums Schutt gegraben,
Nichts wen'ger sich vermuthet haben,
Sind itzt die Seltenheit von mancher Gallerie.

Ha Bav! da doch auf dieser Erde
Kein Mittel ist, daß deine Poesie
Zur Zeit geschätzt, gelesen werde,
So rath' ich dir: Vergrabe sie.

An einen aufgefangenen, an Damon gerichteten, Liebesbrief

Hätt' er, noch versiegelt, dich empfangen,
Weinend hätt' er wohl geseufzt: Wie schön!
Itzt, da du zu Thyrsis fehl gegangen,
Mußt du dich als dumm verspotten sehn;
Sollte Damon offen dich empfangen,
Will ich nicht für noch was schlimmres stehn.

Der Autor

»In *unsrer* Schrift, worin *wir* vorgetragen,«
So spricht von sich der Autor Meregist,
Und freilich muß er wohl so sagen,
Weil wenig sein, und viel gestohlen ist.

Die Freunde des alten Pino

Wir freun uns, dich so alt und dich so frisch zu sehn!
So sagen zwar die Herrn, so oft sie ihn besuchen.
Doch wißt ihr wohl, auf wen die Complimente gehn?
Das *alt* auf seinen Wein, das *frisch* auf seinen Kuchen.

Buttler's Grabmal

Der als ein Bettler starb, liegt hier als Fürst begraben.
Zu spät ward sein Verdienst erkannt.
Wohl! Kein solch Monument hat doch mein Vaterland!
Wie klug wir sind! und könnten zwanzig haben.

Cäcilie

Cäcilie will zu der Trauung fahren,
Und deßhalb wollet ihr auf ihren Hochmuth schmähn?
Bedenkt, daß man bei sechzig Jahren
Nicht gut kann mehr zu Fuße gehn

Auf das Bildniß einer Schwätzerin

Dem Bilde hier soll bloß die Sprache fehlen?
Just deßhalb würd' ich's lieber, als selbst das Urbild wählen.

Der Nachtgedanken-Schmierer

Bei Gräbern und bei alten Kirchenmauren
Will Stentor künftig trauren.
Der Dinge natürlicher Lauf!
Denn heute kündigt' ihm sein Wirth die Wohnung auf.

Elpin

Man sagt, Elpin sey sehr in Sorgen,
Daß ich nicht durch Betrug mein Geld verlöre.
Wenn dem so wäre,
Käm' er wohl nicht, um Geld von mir zu borgen.

Der Büchersaal

Um seinen Büchersaal zu sehn,
Besuchten wir den Herrn von Zahren,
Allein er ließ uns wieder gehn,
Vermuthlich, weil wir keine Motten waren.

Grabschrift auf einen Geitzigen

Hier ruht Avar, im Wuchern einst ein Held,
Wenn anders er kann Ruhe dafür haben,
Daß man ihn für sein baares Geld,
Nicht gratis, hat begraben.

Neride

Sie zu loben, ist sehr leicht,
Darf ich ihren Leib zum Thema wählen;
Soll ich von dem Geist' erzählen,
Ist nichts schwerer, wie mir deucht.

Neptun auf einer Wand

Des Dichters Lied, der für sein Vaterland
Und seine Zeit, nicht Dichter ist,
Gleicht dem Neptun auf Kunzens Gartenwand,
Und er gleicht Kunzen selbst, mit dem es, wie ihr wißt,
Im Kopf' nicht allzurichtig stand.

Kauz und ich

Kauz.

Wer freyet, der ist nicht gescheidt!

Ich.

Ei, Kauz! Und du hast nicht gefreyt?

A. und B.

A.

Noch krank? Du thust ja gar als wolltest du erblassen?

B.

Ach, Freund! das Fieber hat mich eben erst verlassen.

A.

So? Es begegnete mir unten an der Thür',
Es hielt den Mantel vor, als schämt' es sich vor mir.

Der wahre Hofmann

So lang' der Mann bei uns das Ruder führt,
Reich' ich, wenn er's verlangt, ihm selbst den Kammertopf;
So wie er aber das verliert,
Stülp' ich ihm den auch auf den Kopf.

Auf den Knicker Adrian

Geknickert hat zwar Adrian sonst arg,
Nun aber wimmelt's um ihn her von Gästen,
Nun gibt er alles was er hat, zum Besten;
Wer's sehen will, seh' hier in seinen Sarg.

Auf einen einfältigen Archivar

Ich wüßte nichts, was mehr sich ähneln könnte,
Als dieses Mannes dicker Kopf
Und unsers alten Kirchthurms Knopf,
Denn beid' enthalten nichts als Wind und Documente.